KB120802

시작 시인선 0138

해피 버스데이 투 미

시작시인선 0138

해피버스데이투미

1판 1쇄 펴낸날_2012년 4월 30일
지은이_박영민
펴낸이_채상우
펴낸곳_(주)천년의시작
등록번호_제301-2012-033호
등록일자_2006년 1월 10일
주소_100-380 서울시 중구 동호로27길 30, 510호(묵정동, 대학문화원)
전화_02-723-8668
팩스_02-723-8630
홈페이지_www.poempoem.com
이메일_poemsijak@hanmail.net

ⓒ박영민, 2012, printed in Seoul, Korea

ISBN 978-89-6021-169-8 04810
      978-89-6021-069-1 04810(세트)

*이 책 내용의 전부 또는 일부를 재사용하려면 반드시 저작권자와 (주)천년의시작 양측의
 동의를 받아야 합니다.

해피버스데이투미

박영민 시집

천년의 시작

이 세상이 아니라도
더 멀리 날아갈 수 있는
아름다운 말들
토끼, 나비, 우산 모양……
입체적인 생각은 흘러간다 뭉게뭉게

나는 늘
부재중이다
이 숲 속에서

두타라 연주를 듣는 동안
타이어 무늬가 다 닳고도 구르던

인디아 릭샤왈라의 자전거가 멈추고
챔파나무 아래서 눈 감는다
정전된 숲은 어두웠지만
드물게 따뜻한 바람은
꼭 쥐고 있던 손을 펴
달과 사슴 뺨 내내 어루만져 주었다

어쩌면 별도 될 수 없는
긴 꼬리의 선율을 붙잡고도 싶었지만

그냥,
바라만 본다

차 례

일러두기

한 연이 첫 번째 행에서 시작될 때에는 >로 표시합니다.

제1부

혀 깨물고 죽은 조개의 말

　정박한 곳은 내 컴퓨터 책상 위, 비린 갯내가 어쩌다 예까지 휩쓸려 왔을까. 말해 봐, 어금니부터 앙다문 그녀 마음에 송곳 같은 의문 찔러 놓고 다그쳤지요. 천만 발 혀 가졌을지언정, 모른다, 묵비권 행사하는 것에게 더 조사할 게 남았다는 고문 기술자처럼 그녀 말문을 집요하게 파고들었더니, 먼저 두 손발 들 지경으로 그녀는 끝끝내 거품만 물고 있더군요.

　너희들 인간 세상을 향해
　보지도 열지도 않는 것은
　내가 돌아가는 길 찾지 못해 출항 포기하는 일 아니라
　당최 세상 같은 건 더러워서* 목숨 내린 것뿐이니

　함부로 닻 내리지 마라
　나의 주검에

　　●백석, 「나와 나타샤와 흰 당나귀」 중에서.

관계

―돌이킬 수 없는 발걸음*

당신은 점점 늙어 가는데 나는 점점 젊어집니다

잔금 많은 당신의 안경 너머, 영하의 어둠 막 흩날리면 협탁 위 벗어 놓은 당신 시력은 희미해지고

마이너스 창밖으로 막 발목을 잘라 놓고 기어 나간 나는, 당신의 달달한 눈알을 빼먹고 발 없어도 잘 굴러갑니다

당신의 등골을 갈아 빚은 설경,

낮보다 밤이 환한 저 먼 꿈의 빙하기까지도 챙겨 갑니다 두고 온 내 발목을 끌어안고 잠든 당신의 렌즈 밖은 온통 정전

불협화음의 음표들 철썩거리며 성에 낀 유리창에 겹겹 엉기는, 나라는 폭설은 통보되지 않는

기껏 흐느적거리는 젖은 종잇조각을 음악이라 부를 필요 없습니다 지워지며 덧씌워지는 위독한 나의 독백을 첫눈이라며 담배 태울 이유 없습니다 그 흥얼거리는 상념을 굳이 운율로 설명할 필요는 더더욱 없습니다 한 생애를 거둬 갑니다 당신 눈알을 파먹고 대설주의보 건너가는 나는

절뚝거리는 문장으로 고요히 쌓여 가다가 격렬하게 지워지며 비탈뿐인 공중에 내 것 아닌 왈츠

>

랄랄라, 오간 데 없이 흩어집니다

●영화 「장화홍련」 삽입곡.

밤 편지, 생각꽃 피고 또 피고

1

당신도 없는데 마셨습니다. 가르쳐 준 맥주 맛도 이젠 제법 압니다. 한강대로를 음주 운전으로 달리다가 여의도로 빠졌습니다. 너무 멀리 왔다고 설득 마세요. 그 위태로운 일탈에 여기까지 살아 냈으니까요.

당신으로 가득 찬 스피커폰은 자동으로 켜져요. 흘러나오는 음성만큼 당신은 참 따뜻해요. 웃어요. 화를 내요, 울어요, 멈췄다 떠나요 다시는, 다시는 돌아오지 않아요. 이불 속으로 기어들어 가 종이 뭉치를 쑤셔 넣고 입 틀어막은, 나는 완벽하게 무너져요.

펄펄 끓는 감성 하나만 살아남는 세상이 오리라, 그 정열만이 벚꽃나무처럼 세상을 뒤덮으리라, 후회 없는 생각 쌓이는 밤이면 한없이 깨끗한 첫눈이 무조건 흩날리고 있습니다.

2

서늘한 가슴속 뭉클하게
내리꽂힌 통증은 왜 이리도 환하기만 한가
더는 이 세상 아닌 것처럼
시들어 가는 문장들도 마냥 순결하기만 한데
모두 벗어던져 다시는

간절함이 아무리 간절해도
꾹꾹 눌러 적었다고 해도

빈칸 없는 생각꽃은
꿈속에서 꾼 꿈
모든 게 다 꽃이었다고
이 중얼거림은 기록에 없던 뿌리로

해피버스데이투미

해피버스데이투미촛불은아직끄지말아줘

혀를당기는200호침대같은생크림케익큭큭, 그허벅지안쪽
허연속살덩어리쿡베고누운요염한체리여, 파인애플, 통조림,
복숭아슬라이스, 가공된거짓맹세따위, ㅎㅜ숨거둬가네,
　가고싶은순결의생크림왕국이여, 두손모은간구일수록뒤통
수치는, 숨멎은빛들알수없는문법의, ㅁㅁㅁ음불러준허밍으
로이만치깊고멀리떠밀려와, 아직상징적인, 바람둥이한쪽상
꺼풀, 삼옥타브고음이여, ㅎㅐㅍㅣㅂㅓㅅㅡㄷㅔㅇㅣ펑펑눈
물폭죽터지네,
　생크림케익은오늘을우울한날이라고우기네, 음울한촛불속
들뜬맘가둬지네, 비장의남자친구처럼구속하네, 이별처럼단
숨에싹꺼지는,
　통통한숯불바베큐먹자고, 피자에콜라를, 소주맥주폭탄주
를금세말아덧붙이네, 식욕으로감금시키네,
　아아해피는1.5리터코카콜라페트병바닥에남은탄산까지폭
식으로꺼져드네, 아아삼옥타브목소리가오늘을젖은페트병속
에사정없이밀어넣고뚜껑돌려막네,
　미끄러운빙판에는니코틴, 너의현기증ㅏㅏ어머니동아줄을
내려줘요, 저건펫목이아니야, 오아시스가아니야, 뚜껑을열어

줘요,
　아아제자리헤엄치다가케익위불안하게건들거리는촛불의
기둥들, 아슬아슬점점점, 소멸해가는점, 멀뚱멀뚱눈만뜨고있
다가그냥뱃속에서늙어죽은태아처럼시간은잽싸게도망가고,
　또한덩이의뭉그러진소원을집어삼켜야하거든

　해피버스데이투미, 촛불을끄면, 행복이란네가, 텅빈버스타
고, 나에게로, 질주하는거니

　해피버스데이해피버스데이
　쏟아지던박수소리다어디로간거니, 어쨌든노래를불러줘,
촛불은제발끄지말아줘

당신의 데스노트

사과 껍질 길게 깎아 내는 것처럼
배꼽을 잡고 가슴 방향으로 지퍼를 쭉 올리면
그 속에 있다

등판에 찍힌 긴 칼자국들처럼
부식되지 않는 이름과 얼굴과 날짜
그 속에 너 있다

까만 첫 장 겉표지 열면 ABC 순으로 깨알같이 도배 된
그 오른쪽 심장 통증쯤
쿡쿡 너도 박혀 있다

30년 전 가업을 홀딱 망하게 한 아버지의 친구 사기꾼 N
과
10년을 동네 황구처럼 짖어 대며 혼사를 막은 스토커 C와
6년 전 장충동 시 모임 뒤풀이에서
느닷없는 막말로 눈물샘을 폭파시킨 자칭 시인, 껄떡이 J
4개월 전 거액의 급전 떼어먹고 잠수 탄 양아치 P와
10원짜리 나를 100원이라며 계산 때려 맞추는
B, G, Y, L, M 때를 기다리는 이니셜들

황금빛 빈 페이지마다 근사한 이유들 풍년이다

붉은 혀의 마디마디를 잘라 낸 말처럼
천천히 돌려 깎은 과육을 곱씹을 때마다
언젠가 꼭 되갚아 줘야 할 한 박스의 문장,
그보다 먼저 사과해야 할 말의 과즙은 곱빼기로 달다

열 받은 적 없는 열매가 있나

그러나 당장 갈아 마셔도 시원찮은
이것들을 마셔? 말어?
당신의 배꼽 지퍼를 쫙 올리면
그 속에 당신의 데스노트가 분명 있다

남태평양 재봉틀

평생 한번 올까말까 한 해변의 첫 정사, 그런 로맨스 딱!
당첨되었습니다 그가 내 몸속 돌려놓고 간 인생 역전 막간
하나

모랫바닥에 널브러진 내 삭신 욱신거리도록 땀구멍까지
뚫어 대며 박음질해 대는데 나는 헉, 호흡곤란, 마리화나 마
신 것만큼이나 좌우 숨통 뒤집어져라 웃어 댔습니다 바늘 끝
묻은 독이 온몸 호고 감칠 때면
　이 중독의 속도 고스란히 챙겨야지 죽더라도 집에 기어들
어 가서 비상 전원 버튼이라도 누르고 죽어야지 노트북에 저
장해 둔 자궁 안 아직 다 쓰지 못한 해파리의 촉수를 꾹꾹 되
박음질해야지

그가 스친 독이 보기 드문 흉터로 완성되어 있습니다 붉은
어깨띠 두르듯 내 앞가슴에 견고한 사선으로 대못처럼 얼기
설기 박음질 돼 있습니다
　지금도 제어장치 하나 없이 쭉 잘나가는 남태평양 재봉틀
또 누군가를 깁고 있는지

메리, 메리 크리스마스

경쾌하게 건져 올릴 리듬 하나 없어, 철거당한 기호와 의미는 불길한 엇박자 포클레인이 정수리 파헤칠 때마다 람팜팜팜 람팜팜팜 람팜팜팜

지혈되지 않는 쪽수마다 거즈를 물고 있는 띄엄띄엄 알전구들이 형광 색 밑줄 그으며 켜지고 떠돌이별 장식으로 마무리된 현란한 트리의 환상은 토해 내고야 말겠어 기억해 내고 싶지 않아

찢긴 활자만큼 배고픈 메리, 다만 메리야
강둑 건너며 허밍 날리며 뚝 필름이 끊기기 전 기어들어 온
어둠 속 유령처럼 주저앉아 북을 쳐 대는 우리의 메리는
빈집 경고장 아래 썰렁하게 잠이 든 메리는
오토바이 군중 속 매연 쫓아 달리며 시멘트로 구운 아이를 낳는 메리는
좌변기 틀어막은 젖은 북소리, 냉동실 고등어 비린내로 얼어 있는 메리, 메리 크리스마스 언 손 merry가 북채 잡으면

산타와 루돌프가 식탁 위 춤추고 추방당한 날짜만큼의 촛불은 켜지고 급물살 타는 회전목마

>

북북 메리가 찢기는 북소리

람팜팜팜 람팜팜팜 람팜팜파 람팜팜팜 람팜팜파 람팜팜
팜 람팜팜팜

기차는 지우개를 들고 간다

저 흘려 쓴 풍경들,
어디서 많이 본 정든 필체 같아
너인 것만 같아
그러나 책장의 속력
두고두고 읽을 수 없다
어느 역 주변 두고 온,
체념마저 뺏기며 나는 살아가는가
떼어 놓은 간격만큼
스쳐 온 슬픔 커지는 것을
나는 운명이 굴리는 잔머리라 되뇌며
취해 간다

내가 너를 버린 게 아니다

너를 분실한 어디쯤 내 넋도 내려놓고
지정된 좌석에 으깨진 껍질뿐인
육체는 무료하기 짝이 없다
거꾸로 열리는 어둠의 시작으로
여기가 어딘지도 모르고 닫혀 간다
찐 달걀 삼킨 듯 팍팍한 생의 목메임

반쯤 남은 캔맥주로
꾸역꾸역 넘기는 동안
출발지와 도착지로 인쇄된
한 구절 묘비명 같은
구겨진 표 한 장

아무리 너를 가졌다 한들
기적은 처음 선로에서부터 멀어져 간다

이 긴 봄밤도
붙잡고 싶은 순간 앞에선
무릎 꿇고 하찮게만 무너진다

맞선, 스테이크, 정육점 그리고 죽었다 깨어나도 엄마처럼

반만 익힌 스테이크 썬다
샹들리에 화려한 저 가문의 조명 아래

세 딸 중 선두 주자로 간택되어 여기까지 끌려왔다고?

아직 남은 몇 토막 안심을 꼭꼭 씹으며
끌려온 건 나뿐만 아닌 것 같아 진짜 안심인데

그 피 발굽이
내 우아한 혀 위에 체념이란 억지 글자 찍고 걸어오다가
고삐 안 놓치려 안간힘 쓰며
식도로 넘어가지 못하고 있다

제값으로 납품 된 거니
가장 높은 등급으로 살찌우려고
뒤치다꺼리 앞치다꺼리 오죽이나 신경 곤두세웠을꼬?
제 끼니 못 챙기는 한이 있어도
너 하나, 딸년 하나 잘 길러
암것도 아쉽지 않은
똑 소리 1등급으로 등록하고 싶었을까

죽었다 깨어나도 엄마처럼 살지 않겠다고

그러면서 엄마처럼만, 그렇지 희생은 행복이라는
답안지가 투벅투벅 빈칸 채워 가는 중
저 외제차가
서른의 경계선 몇 개월 앞둔 나를 바래다주는 도중

동네 정육점 A등급으로 도장 박힌
한우의 마지막 문장이 갈고리에 걸려 있다
손가락 하나 까딱 못 할 저항으로
황홀한 피만 떨구고 있다
거꾸로 나이 먹어 가는지
누구의 관심도 거들떠보지 않는
쫄딱 늙어 볼품없이 하락할 내가 걸려 있다

이제 곧 길을 비켜라,
세상에서 가장 섹시하게 엉덩이 실룩이며
잘나가는 영계들이 한눈에 쫙 가도록
앙상한 서른의 거리
고삐 풀어 제끼고 활보해야겠다

아테네 편지

멀리 와서
더 멀리까지 흘러갈 문장들
꼭 읽어 주세요

가만있으면 탈날 것 같아
억지 도주했는데
창 앞 가시나무에 앉은 새 한 마리는
여태 서울의 아침입니다
마음만은 여기까지 따라오지 못했는지
아니, 애초 가방 속 쑤셔 넣은
마음조차 없었다는 건지
피 한 방울 남지 않은
사방 말라비틀어진 행과의 뼈대에
이 시대 마지막 순정처럼
억척으로 매달려 있습니다
죽어도 벌써 몇 해 전 죽은 나무,
그 거무튀튀한 불길 속에서
플라카(Plakar) 광장˚까지 떠내려가도록
죽어라 울어 대고 있습니다
아크로폴리스 내려다보이는 숙소 레스토랑

홑창문 사이로

젖은 빵 물어뜯는 이 생각이나

고작 서울도 뜨지 못한 촌스런 저 영혼이나

결국엔 서로를 배반할지언정

철저히 배신하지 못해

끝까지 헤어지지 못한 거라고

짠하디 짠하게 마주 선 모양새,

목이 다 메어 옵디다

그때의 구름 모양 아니니까

절대 펼쳐 보지 마세요

●아테네 고지대, 구시가.

위태롭기만 한 말로는

옷장 구석에 걸린 철 지난 원피스처럼
걸쳐 본 적 없는데도 벌써 컴컴해지는 말로는,

침대 밑 수북한 먼지처럼
건드리면 화들짝 놀라는 은밀한 말로는,

냉장고 싸늘한 가슴속
먹다 남긴 찬밥
긴장 없는 반 그릇의 말,

딱딱한 밥알로 굳어
혼자 노는데 잘 길들여지는
불길한 말로는,

콘크리트 벽 이 방 저 방 먹구름으로 몰려다니며
은둔하는 꼭 그런 수상한 말만으로는,

한번 쏘면 되돌아올 수 없는 화살처럼
추락하는 그 말,

\>

막막한 빗소리

이 방에서 사육되는
늘 폭발 직전 위태롭기만 한
말,
달리자

응급실

서른의 내가 열 살의 나를 업고
이 추운 밤

매일 두드러기 앓던 열 살,
그 악몽에서 도망쳐 잘 지내 왔는데
철저히 숨겨 놓은 말 못 할
과거라도, 딸아이 하나라도 있었다는 건지
오늘 밤 덥석 내게 찾아와
엄마라며 죽자 살자 젖가슴에 안겨 있는데
미안하구나, 아직 어린 너 하나 돌볼
물정을 나는 모른다, 대책 없이 살아왔구나
무슨 과 어느 병원으로
데려가야 하는 줄도 몰라서 쩔쩔매는구나
불티들 다닥다닥 피부마다 두드러기로 붙어
안면 마비까지 통 꺼지지 않는데
어떻게 아프냐, 물어도 입도 뻥긋 못 하고
손바닥에 쓴 검지 손가락 몇 글자로
간신히 택시 실려 비상구를 더듬는 막막함 속,
느닷없이 애 엄마가 된 나는
나이만 먹었지, 어쩌면

죄 무거운 내가 이 아이의
얇은 등판에 업혀 있다는 생각은 뭐냐
열십자 핏덩이,
이다지도 선명하게 불붙어 안겨 오는
이유는 또 뭐냐

호모핸드폰스, 집 나간 지 사흘째

그리고 너는 어느 승강장에서 노숙 중일 것이다
아니, 공중화장실 변기통 속 머리를 처박고 있을 것이다
아니지, 벽 모퉁이에 찢긴 이마는 여전히 시릴 것이다

혼자서 티브이 보며
볼륨 높이고 안테나 세워도
귀는 갑각류 더듬이처럼 예민해지고
저기 충전할 먹이가 없는
빈 밥그릇만 먼지 쌓여 나뒹군다
언제나 손 꼭 붙잡고 다니며
쇼팽의 즉흥환상곡 아침 7시 출근을
우산과 이메일과 사진과 도로 정보를 챙겨 주던
다정한 너는 오늘도 부재중
샤워하며 곰곰이 생각해 보니
너보다 월경주기 잘 아는 애인은 여태 없었다

지금쯤 다 된 배터리
날이 추워질수록

늘 어깨 들썩이며

속으로 울다 들킨 너의 진동

온종일 내 몸에서
쉴 새 없이 흔들리고 있다

웰컴 투 클럽

여자 혼자서 몸 풀려고 가지
일주일에 한두 번쯤

선글라스 끼고
앞 지퍼 쫙 뺀은 초미니스커트로
후끈한 조명발, 그 열풍 속을
빨려들 듯 등장한다면

동반할 하룻밤은 어디에

부나비들
우글거리는 심야 무대는
홍대 앞보다 물 좋은 기념 페스티벌
빵빵하게 튀어나온
눈동자,

찔러보면 덤으로 굴러 넘어오는
원 플러스 원, 무이자 할부와 할인 쿠폰, 게릴라, 폭탄,
파격……
한 건 노리고 있다면

일단 한번 들어와 건져 보시지
못 먹어도 저질러 놓고 보시지
일주일치 쭉쭉빵빵 먹거리를
한꺼번에 쟁여 보시지

눈동자,
직진 우회전 불법 유턴 급커브
딱 멈춰선

뚜껑 색상만 분홍색으로
열고 닫기는 이중 지퍼백으로
바뀐 건
그뿐인데

알아서 척척
다진 마늘 같은 마음 씀씀이는 어디에

녹차의 꽃말은 추억이래, 보성 녹돈

배추흰나비의 부드러운 날개는 무한 변주곡 향기로워 향

기를 줘 랑팔랑팔 냠냠 꿀꿀꿀 휘리릭 총총, 유기농 배추

해마와 조개는 달달한 밤바다를 퐁당퐁당, 길리안 초콜릿

축하드립니다 고객님
지금부터 타임 세일 시작합니다

24시간 파티
웰컴 투 킴스 클럽!

정신은 흑기사처럼 매너가 좋다

누군가 남극에서 끊긴 필름을 업고 왔다

양털 워커는 신겨 주는 게 아니었는데……, 사라지기 전
채워지는 거품은 영하 10136621290011°……, 탁자 밑
찬 그림자 쓸려 가며 뚜렷해지는, 맞아 그건 국내산 싸리
빗자루
눈 내려, 나와 봐, 창밖 좀 내다봐……, 간판 아래
밀봉된 새벽은 오른쪽으로 치우친 비대칭 빙하의 이미지

그래서 난 떠날 거예요, 하지만 난 걸음걸음마다 당신을
생각할거란 걸 알고 있지요* 미끄러지며 안녕, 내게 남겨진
건 달콤한 기억뿐 잘 가세요* 인정하는 건배

이왕이면 극의 끝까지 달려 보자고
만취를 태운 얼음 택시가 잠깐 멈춘 강변대로

뚜껑 열린 태양

노출된 필름은

＞
싹 다 날아가고

신청곡과 사연을 적어 보낸 킹조지섬의
라디오 DJ 황제 펭귄
그 천상의 목소리는
주파수가 잘 잡히지 않는다

암막 커튼 차단된
내 방 침대 위

끊기기 전 릴에 감겨 있던 흑백 세포는

조각조각 수동으로 인화되고

내다 버린 온기를
안전하게 데려다 준 누군가,

옷걸이에 반듯한 재킷과
벗겨진 저 스타킹까지
누군가, 그 누군가를 잘도 정돈해 놓았다

\>

그런데 똑같이 깡술 마시고도 멀쩡한

너는 유령이냐 사람이냐

●휘트니 휴스턴의 「I Will Always Love You」중에서 인용함.

고수

썰린 것은 대파만이 아니다

검지 손가락 살점도 베여 나갔다

이 정도는 눈 감고도 쉽다고

대파를 싹둑싹둑 쳐냈더니

이럴 때일수록 풀어져선 안 된다고

날카로운 눈을 치켜세워

칼은 나를 노려보고 있다

멈춰, 손목에

수갑 채우고 있다

깊게 베여 너덜거리는 살점

\>

밴드 틈으로

붉게 터져 나오는 선명한 생각

강할수록 부드러운 거지

칼은 씨익 웃는다

나를 송송 썰어 내고도

그에게 찍힌 지문은

내 손자국뿐

절대 증거물을 남기지 않는

칼은 날 센 고수다

클라이맥스

탁,
숨 막혀 온다

수만 번 붓질 끝에
점 하나 박힐 빈틈없는

낙관을 어디에 찍을지

고요한 절정

텅 빈 속으로

목숨에
숨을 찍는다

제2부

발신자 표시 제한으로 걸려 온 전화

좀 보내 줘. 여보세요? 제4조 비용부, 밀린 모텔비랑 비행기 값 좀, 아니 차비라도.

여보세요? 여보세요? 욕실 커튼 봉에 묶여 있어, 가방끈은 샤워 부스만큼 든든해. 차등에대한, 1주일째 갇혀 죽도록 술만 마셨는데 절대 안 죽어 있어.

거기 어딘데? 에게변제한, 남김없이 부었는데 정신만 더 또렷해지고 부어도 부어도 늘어나는 것은 빚.

그러니까 거기 어디냐고? 정말이라니까. 이상하지. 보증인이연대, 보여 줄 수 있어, 영상통화 켜 봐.

도대체 무슨 말을 하는 거냐고? 한 번만 더 속는 셈 치고. 후일을증하, 이자가 불어서 곧 터져 버릴 만큼. 기명날인, 주말마다 페르시안산 접시를 훔쳐 갔다고 사이즈도 안 맞는 정장 구두를 신고 갔다고 까 놓은 양파들은 CCTV보다 육감적이라고 추적은 냄새를 스토킹 하나 봐, 할로겐전구들이 말을 잘 듣지 않는 이유는 촉이 나가서라고. 생하는재판상, 사장의 뱃살은 쉽게 뺄 수는 없어, 생트집은 쉽게 속옷을 벗지 않아.

집으로 올 수 있어? 내가 갈까? 확신은 의자에 오르니 더 분명해져, 끊어야겠어, 증서를작성, 아 참, 네가 사 준 가방은 확실히 좋아, 봐 봐, 끈까지 가죽이라 튼튼하잖아.

거기 어디냐고? 지금 제정신이야? 장난해?

여보세요? 그런데 누구세요?

죽은 줄 알았던 반얀나무는

그때, 캘커타의 릭샤왈라가 내려 준 안개 아침은
전생의 단호한 입속

사지마다 녹슨 철끈에 친친 묶인 채
2층 베란다 쇠창살까지 올라와 있다
삐쩍 말라비틀어진 그 몰골
봄 지난 창밖에서는
먼지 날리는 블라인드 올린다

상처의 꽃이 지고
잎들로 아물어 가는 것이 봄꽃 나무지만
이제야 나무는 되살아나기 시작하나 보다

꽃도 없이 화답해야 하는 잎들,
가까스로 목숨 내달고
생전의 죗값을 퇴행으로 치르고 있는 것일까

늘 더딘 후회가 두세 겹씩 더해지던
내 삶의 형틀처럼

>
봄날이 가고서야
휘어지도록 이파리 푸르다

또 뒤늦게 무슨 꽃 피우려고
저리도 시퍼렇게 질린 채 모의 중일까

그때, 꼭 다문 입술 사이로 새어 나오는
안개의 문장을 오늘 저녁도 다 완성하지 못하여

아무도 아무런 아무 데서나 아무것
도 아무 곳도 아무렴 아무개는 1

천장에 매달린 프라이팬, 저 찌그러진 스테인리스 달을 끄
집어 내려 주시겠어요? 올리브 오일은 달걀을 망설이지 않
아요

밀가루 반죽과 이스트는 이끌림, 점점 부풀어라 부드러워
라 얇게 펴 바른 탄성 구울래요 나지막한 목소리 난, 또띠아
야 밀전병이야

등받이와 팔걸이가 부조리한 엔틱풍 소파의 쿠션은 어쨌
거나 포근해요 블라인드 구슬 줄은 졸음 당겨요

모래 손 아무리 천천히 뜯어먹어도 무슬림의 저녁 식탁 기
도는 도저히 알아들을 수 없어요

치킨 케밥과 페리카나 양념 치킨의 차이점은 떡볶이 둘둘
말고 있는 설탕과 고추장만이 잘 알고 있다네요

컵라면과 삼각김밥과 꼬마김치는 엊그제처럼 서로 친근
간편하게 해독될 수 없어요 50루피의 안개를 안겨 주세요 한
아름 물담배의 중독을 연기라며 오해 마세요

해질녘 황금빛 벽지에 햇살이 마구마구 아랍 식 발음 뱉
어 대면 토마토파프리카올리브오일발사믹…… 인간답게 밀
려드는 식곤증

사원으로 가는 지름길은 시큼시큼 달짝지근해요 벽면에는
터키 파키스탄 아프리카 무배열 액자들

손가락 브이를 하며 꿈쩍하지 않고 주저앉은

사막 없이 한 발짝도 걸을 수 없다는 낙타의 웃음은 바람
빠지는 빨간 풍선처럼 헤프지만 엎질러진 기름만큼,

앗 뜨거워

'한국 사람'이라고 적힌 야구 모자 눌러쓴 낙타는 시커먼
자연 곱슬머리

아무도 아무런 아무 데서나 아무것도 아무 곳도 아무렴 아무개는 2

이 모양 저 모양 그 모양 토끼, 나비, 사자꼬리원숭이, 단봉낙타, 식인 코끼리 코의 주름은 지금 당장 진화될 수 없어요……, 곤충과 동식물들 드높이 들뜬 감정들로 아니, 마사이족 휘파람을 신고 뭉실뭉실 사라지는

아니, 아니지 네 개의 머리와 어깨 펼쳐 사방을 한꺼번에 껴안은 브라흐마의 금관은 반짝

들판은 금세 날아간 아세톤, 하얀 구름이 떠다니던 매니큐어 보기 싫게 증발한 그 깨지고 갈라진 손톱,

길고 길던 서사로 빈티지 부츠를 골라 집어 줘요 오랜 상점들의 빈정거림 밖은 아직 깊숙하고 편안한지요

그러니까 이태원 씨가 재작년 새 간판 내걸고, 퇴직금 못 받은 아무개는 체류 기간 넘기도록 아무 데도 갈 수 없다는 식으로 아무 데서나

해밀턴호텔 부근 늦도록, 계단으로 쓰여진 바라나시의 도비 가트부터 읽을래요 나무를 실은 보트는 설마 못 본 척해 둬도 눈치 채지 못하겠죠?

아무렴 늘어선 빨래들이 바싹 마르도록 천천히 마르가르니타 가트까지 넘기다 보면 환하게 수련 켜지는, 좋아

전봇대 아래라도 좋아 쓰레기 종량제들 칭칭 몇 겹의 외투

를 아무렇게나 걸친 고약한 악몽의 냄새는 두꺼워

　주워 삼킨 핫바는 금방 꺼져도 밤은 쪼그라들지 않아 아무
런 소음이나 쉽게 받아들이는 두통은 끊길 듯 끊길 듯 자장가

　며칠째 단속 없는 폭설은 아름다워라,
　언 보도블록과 중앙선과 도로 바닥 이정표가 싹 사라진 클
랙슨의 경계 밖, 우리 아가

　앞뜰과 뒷동산에서 훌쩍 커 버린 우리 아가 달님은 영창으
로 은구슬 금구슬을 보내는
　이 한밤

유일신과 하녀

1

거품 타월로 아침저녁 닦아 주며 복종만 해야 한다 살아서는 도무지 육탈할 수 없는, 너는 황색 수의 한 벌

2

나 이외 다른 신 섬기지 말라? 식탁 다리 휘어지게 한 신앙 차려 줬다 굽은 허리 펼 틈 없이 너는 밥통을 뚝딱 비우더니 춥다, 멀쩡한 작년 겨울이 옷장 속 수두룩한데 통장 잔액이 빙점 이하로 떨어질지라도 기분만은 얼어 버리면 안 된다고 흔쾌히 항복하며 바친 재킷과 롱부츠와 장갑, 가죽을 풀세트로 긁고 또 긁어 줬다

그런 변덕스런 날일수록 송이눈 차분해진 어둠 속까지 소리 내어 나를 읊어 주곤 했는데 그것도 성 안 차는지 이날 이때까지 뭐하고 살았냐? 시집을 벽 중앙 적중시키며 시집이나 가란다

3

독종과의 출발은 골고루 분배될 수 없는 보리떡 50개와 물고기 20마리, 또는 타 버린 광합성이 갈라지고 휘어진 외나무다리 위

세상 무서울 것 없다는 나도 신장 포기 각서 쓴 빚꾸러기처럼 어떻게든 살아 갚겠다고 발버둥 친다

유일한 주인인 이 몸이 살아 있는 한 절대 복된 날 없을 것이라며

불만 많은 하녀는 탈출을 계획한다

사거리엔 대형 약국이 있다

약발 안 서는 날엔 더 독한 안정제 신신당부해 보지만 단박에 만성 우울증 완치되기란 희박하다며 약사는 수시로 불안 한 알 권한다

자꾸 주방 가위가 귀에 들어가 기억의 소리 함부로 오려 내는데, 오래 앓은 초콜릿이 삼킨 정거장 오븐 속 딱딱한 거품 항체 검열된 머리카락 산불 엉기는 계단 길게 늘어지는 형광등 일광욕하는 이구아나 검은 건반은 구구단 독백 레몬은 손가락 꺼내고 대사 없는 햄릿은 거미 행인3 꽹과리 협주곡 돌돌 모래 모래 모래의 층층 간격은 발굴될 수 없는 피라미드

여러 개 약 봉투를 한번에 털어 먹은 후 약 기운이 취기처럼 밀어닥친 적 있다 쓰레기차·바퀴가 도둑고양이의 생생한 기억 찍으며 사거리 뒷골목 빠져나갔다

밤새 타이어 잔소리 저항 없이 받아들인, 추릴 뼈 하나 없이 납작한, 저렇게 비명 없는 죽음이라면 나도 생을 앞당겨 좀 더 빨리 늙고 싶었다

윤기 반지르르한 피는 좀처럼 바닥에 반쯤 녹은 엿처럼 진

득하게 눌어붙어 절대 물러설 생각 없어 보였지만

　얼마 후 헛소문처럼 깨끗해졌다 컴컴한 식도 같은 골목을 채 들어서기도 전 터진 캡슐 안 가루가 마구 날려 빈 위벽 비틀어 댈 때면
　이번 생도 쓰디쓸 것을 내 몸은 진작 알고 있었다

　언젠가 날로 늘어난 신약으로, 저녁과 목소리와 몽상은 진열된 저 약병들 속 격리될 것이다 그러나 사거리 밖까지 악명 높은 약사는 일등 단골 고객 상기하는 날 있을 터이니 두 다리 쭈그려 누운 골방에서

　오직 약사의 **빽**으로 하느님과 맞짱 뜰 수 있는 세상이 있어서 깨기 싫은 꿈만 같을 것이다

　가끔,
　외로움은 어둠의 뚜껑 열어
　또다시 나를 부검하며 아직 싱싱한 기억 칼끝에 찍어 맛볼 것이다

막장 드라마

남편에 의해 속초 바다에 빠져 죽은 조강지처가
한 주가 지난 오늘 밤 10시경

극적으로 살아나서 시청률 1위로 떴다
유산된 아이 쓸어안듯 배 움켜쥐고
모래 바닥에 머리 박은 채
짜디 짠 눈물바다를 몇 트럭 쏟아 내는
휩쓸린 풍파가 그뿐이더냐

첫 방송부터 남편 옆에 누워 있는 내연녀와
머리채 쥐어뜯는 몸싸움 격투 신부터
지하철역 라면 박스 펼쳐 덮고 쭈그려 누운 신파까지

늘 첫 의도와는 생판 다른 막바지로 쏠려 가는 게
어디 그녀뿐이더냐

갈 때까지 가 본,
죽었다 살아난 그 밑바닥에 말려들어 가 보지 않고서는

바닷물이 짜다는 저 여배우의 흔한 대사만으로

어떻게 눈물이 쏙 빠질 수 있더냐

갑자기 머리를 처박고 오열하던 그녀가
벽에 걸린 티브이 밖으로 너덜너덜 기어 나온다
거실 탁자 위
마지막 장을 읽다 말고 덮은 책 펼치며
리볼버 권총 같은 반전 한 자루 건네준다

나도 그놈 쫓아
막장의 막장, 그 끝장의 방아쇠 당겨 들고
드디어 문라이트모텔 404호로 출동한다

드라마가 끝나도 복수는 생방송 된다

전자레인지로 튀겨 낸 초간단 간식

사망자 900명, 시민들 향해 곤봉 겨냥한 경찰, 타흐리르 광장 시위 진압용 차량 총동원, 이집트 카이로. 새마을호 열차에 뛰어들어 김ㅇㅇ 일병 사망, 기관사 급제동했지만 멈추지 못함, 충남 천안시 동남구 청당동 철길 건널목. 100마리에 이르는 갈까마귀 떼 죽은 채 발견, 스웨덴 팔최핑의 눈 덮인 거리. 거북이 700마리 떼죽음, 이탈리아 파엔차. 가로 30미터, 수심 10미터 구덩이 안으로 구제역 감염 돼지들 생매장되는, 1,050마리의 툭툭 터지는 비명 소리. 센다이, 미야기 싹 쓸고 후쿠시마 원전 폭발, 강진 8.9, 최소 높이 23m 넘는 아수라장, 쓰나미 몰려오고 13,000명 사망자 돌진 중

뜯긴 옷 실밥 사이
허연 젖가슴이 비명처럼 터져 나온다
즐겨 입던 노란 원피스는 찢기고

튀던
팝콘의
모든 반항도 3초 만에
끝났다

>
핸드폰 문자 날리고
젖은 머리카락 말리고
벨벳 소파 위에 누운 토요일 저녁
엄지발가락으로 리모컨 눌러
채널을 바꿔 가며

입안에 한 줌씩 털어 넣는다

8월 31일 소인 분으로 심사 대상
이 되지 못하였습니다 따라서 원고
를 반송하여 드립니다

손뼉이 강조되던 오리의 웃음소리는
이데올로기가 사라진 희어진 머리로 은유화 되고

숫자 8은 오뚝이야
넘어져도 일어서서 반듯한 착지를 맹신하던 물고기는
여전히 8월과 눈사람과 긴팔과 네팔의 연결되지 않는 상
징을 사모하며

십 년은 더 흘렀다

그날 오리와 물고기의 어투는 빗소리
눈물 없이 따라 부를 수 없는 찬송
그 시절 이 부부의 즐겨 찾기 어조는 다름 아닌
신파조였으니

　　　　*

전쟁터 나간 종이의 아이가
싸움 한판 붙지 못하고 돌아왔다
간도 쓸개도, 젊음을 다 빼 주고 키운 어린놈이

새벽 현관 앞 물먹은 폐지째
반신 불구처럼 쪼그려 앉아 있다

내 정신과 육체는 오늘도 부부 싸움했지만
오냐, 금쪽같은 내 새끼
실패해서가 아니다
비장한 목숨 내건, 오직 고 어린 게
이력서 내밀기도 전 세상으로부터 문전 박대당한 것은
시간의 틀 혐오한 우리 실수다
그래도 살아 돌아와 죄송한지
괜찮다 다독이는 우리 내외 가슴에
총알처럼 박힌다

밥 한 끼 공양 못 한 죄목일까
오냐, 다 안다 내 새끼

방구석에는 웅크린 맨주먹
아직도 그 전쟁터에는 국지성 폭우

>

     *

오리와 물고기가 키운 종이의 아이는 다운 받은 신파조 읊
조리며 청년기를 보냈으며 훗날 종이 참외, 종이 물개, 종이
곰, 종이 달걀을…… 아무 각도에서나 순산하고 이르되

십 년을
또 십 년을
더 십 년을 더 더 더욱 흘러갈
그 종이의 계보는 이러하여

종이는 일백삼십 세에 아들을 낳아 이름을 비장함이라 하
였고
종이가 비장함을 낳은 후 팔백 년을 지나 비장함은 맨주
먹을 낳았고
맨주먹은 일백오 세에 금쪽을 낳았으며
금쪽은 팔백십오 년에 목숨을 낳으며……

태초에 오리와 물고기가 가라사대 신파가 있으라 하시매
잊지 못할 빗소리가 있었고

이르시되 지면에 씨 맺는 모든 해학과 씨 가진 풍자 맺는
모든 종이를 너희에게 주노니*

●창세기에서 인용.

단풍

산 내려오며 젖은 일기 훔쳐보네

긴 연필심 깎아 준 햇살들

다 어디 가고

붉어져, 아예 붉어져

한 장 한 장 넘기면

헛기침 종이 뭉치

저 혼자 탕진한 한 계절

타박타박, 성근 모닥불로 타오르네

젖은 두루마리 화장지

그땐 어쩔 수 없었다며 젖은 담배꽁초 말려 태우는 당신만
이, 욕실 구석 흠뻑 걸린 그의 내력을 충분히 이해할 수 있다

하룻밤 사이 무슨 봉변 시달렸는지 라벤다 3겹 향기는 겹
겹 차갑게 변해, 좌변기 위 공손한 내 손길마저 뿌리친다

한 방향으로 곧장 채워지는 문장은 차고 나면 기우는 발
음, 그 인과관계 혹은 인연에 길들여져 있기에

언젠가 크게 한번 젖어 술술 잘 풀리지 않는
내 퉁퉁 불은 생을 그에게 뭐라 빗대 일러 줘야 하나

와이퍼는 버벅이지 비의 속력은 세차지 물웅덩이에 바퀴
빠진 줄 모르는 자동차는 달리고 휙휙 달리고 달아나고
모처럼 새 기분 걸친 클래식한 슈트는 물세례 받고 스타일
은 완전 구겨지고 짜증이고
그런다고 그 샤워기를 그래서 욕조 밖으로 튀는 용수철 그
러니까 샤워 커튼을 그렇다고 수증기는 도시라솔파파파파파
아파많이아파파파

>

아무리 풀어 주려고 달래도 축축한 그의 생각은 쉽게 풀
리지 않는다

물먹은 엠보싱마다 송두리째 둘둘 들러붙었지만

눈물, 콧물…… 모든 감정 온전하게 받아 닦는 부드러운
성품은 쉽게 변할 리 없다

그래, 그는 처음부터 그러진 않았다

쥐어짜지 않아도 쏟아지는 슬픔을 베란다에 내다 말려 본
다

애인은 방배 2동에 산다

여태 한량인, 나보다 몇 수 위인 그를
먹여 살리기란 예삿일이 아니다
귀뚜라미 소리로 대문 경계를 허문 그의 집 들어서면
섣불리 눈가 잔주름까지도 숨길 수 없다
나도 더는 줄 게 없어
덜 정리된 이삿짐을, 이 짐 저 박스 뒤지고 다닌다
순간, 우리 집에서 뽑아 올 남은 기둥뿌리라도……
그 생각 받아 적기도 하는데
마흔이 다 되도록 동네 곳곳 계집들 그 치마 속내까지
애가 타도록 들쑤시고 다니던 그는
이제야 내 풋내 꿀벅지에 마지막 목숨 걸 듯
어느덧 코를 골고 있다
그러나 이런 사사로운 정서만으로도 하루는
내 반생이 간 듯 빠르게 가고
나는 도서실 문 닫는 시각에 맞춰
얼굴로 굴러 떨어지는
그의 젖은 노을 몇 잎
빈 가방에 쑤셔 넣고 자리에서 일어난다
시집도 안 간 나는
자주 바뀌는 새집 살림처럼

사내 마음속을 들락날락한다
방배 2동 뒷동산 산책로에 이삿짐 푼
너만 보면 그냥 좋아,
어느새 내 주민등록등본에
백수건달 동거인
가을이 올라와 있고

　지금 여기 이 순간에 대한 설명은 반드시 삭제하거나 생
략할 것
　또는 묶음으로 처리할 것

　그냥 좋아 호흡법은 그냥 좋아

통째로 먹는 생선

머리부터 발끝까지
떼어 낼 가시 하나 없는 생선을
그것도 한입에 열댓 마리 넘게
통으로 드셔 본 적 있나

이 소심한 물고기들은
먹어 줘, 냠냠 집어 삼켜 줘
달달 볶듯 군침 안으로
파도를 밀며 흘러들어 오지

짠 소금기 뱃멀미 같은
이 영양 만점 슬픔을
맛본 사람만이
뼈도 튼튼해지고
철도 든다 하지만

그렇다고 한 마리 두 마리⋯⋯,
자잘한 잔멸치 머릿수
쪼잔하게 세고 있지는 마

>

머리부터 발끝까지
의심할 가시 하나 없이
통째로 이해해 주는 게
사랑?

짠물 목으로 삼키며
물에 만 밥알 씹는다

조강지처

잘 안 보이나 보다
잘 안 들리나 보다
그래도 명줄 붙잡고 있는,
그것마저도 힘 딸리는지

전원은 자꾸 꺼진다
햇빛이 다 되어 간다는데
창밖 흐드러지게 무거운 벚꽃나무
백발이 될 때까지 너를
딱 일 년만이라도

버림받은 택시 뒷좌석에서도 살아 돌아왔다
변기 한 통을 다 들이키고도 일어섰다

시집와서 이날까지 맘고생 골병들었을 텐데
굶어 죽도록 되는 일 하나 없는 나,
잔고 많은 백수 인생이라도
그 외로움을 실패라 탓하지 않던
너의 병상 앞에
나도 전원이 나가고

액정 깨진다

통곡도 후회도
끊긴 너의 맥박 소리,
이보다 더 클 수 있을까
평생토록 나 하나만 걱정하며
새살림 차릴 꿈 한번 꾸지 않던

너는 정말 참한 내 여자

내가 컴컴해지고 먹먹해져서
A/S로도 손쓰지 못할 그 뒷날에도
결코 잊지 못할 그 이름과 주민등록번호
스카이 IM-6100, 0383074

조개미역국

제 운명 선택할 수 있는 것이 몇이나 될까
또 가시내,
그게 바로
나

푹푹
한 솥 가득 끓는
아들 귀한 외가의 내력

할 말 있다며
입 쩍 벌린

조가비 하나

울컥
씹혔다

소리를 모으는 풋대추

소리들 몰려오네
새벽바람, 달빛, 그렁그렁

풋것인 기억이 알알이 쏟아지네

그때, 어른이 되면 너랑…… 그 말을 쓱 자르고
잽싸게 빠져나가는 노란 자전거
여러 번 깨진 무릎이 낫기도 전
기어이 시멘트 비탈을 끌고 올라가는 나를
말리지도 못하던,
막다른 이국 컴컴해진 너의 번지수는
추락

해마다 대추가 붉어지기 전
어디선가 이 빠진 자전거 바퀴 창살이
저 혼자 굴러가다 멈추면
달빛을 품고 참 멀리서 왔구나

풋것으로 시작된
채 무르익지도 못한

굵게 살찌운 믿음이며 맹세로
한참을 머물러 있었구나

소리들은 점점 더 몰려오고

바람은 차고

달빛은 덜 여물고

나쁜 남자와 중독

확 땡기는 날이 있다. 땡긴다는 말에 스며 있는 중독. 그것
은 언젠가 혀가 된통 당하도록 맛본 황홀하고 강렬한,

매력보다 강한 마력. 신념의 친언니인 편견도 홀딱 반해
빠져드는 삼각관계 같은 늪, 돌이킬 수 없는 완강한 수식어.
바늘귀가 꿰여 있는 것인지 혀는,

박음질 준비가 돼 있는 유혹 쪽으로 자꾸만 삐딱하게 끌려
가고, 환장하게 매운 또 다른 매혹으로 실실 꼬리 치며 이리
저리 입속을 마비시킨다. 마침내,

더 쌈빡한 수식들을 촘촘하게 박음질하며 우글우글 저돌
적으로 바느질한다. 자궁까지 관통하며 휘감기의 돌풍을 일
으키는

들끓는 그것은,

자수나팔꽃 만발한 수심 깊은 우주에서 우아한 어패류로
진화되고 있던 나를,

느닷없이 육지로 끌어내서는 그날이 바로 태어난 날이라
고 딱 잘라 우기는 호모사피엔스들의 허풍과,

여자 인간으로의 퇴행을 강요받던, 실과 바늘과 가위가 놓
인 위대한 수술대 위에서 배운 풍자.

호되게 매운맛에 흥분하여 웃음 터트린 후

이 세상에서 가장 매력적인 일은 나쁜 연애에 중독되어 가는 것이라며 B형 애인에게 오른뺨을 맞을 때마다 더욱 분명해져 갔다. 더 세게,

왼뺨도 연타로 내리쳐 주세요, 보챘다. 매운맛 없는 싱거운 사내는 금방 질렸다, 생수통 물을 단숨에 마신 후

얼얼한 정신이 깰 즈음 후회란 어느 일식집에서 썰려 나오는 신종 회인지, 다짐이란 단단한 마늘을 다져 으깨는 어느 수입산 방망이인지,

이런 말도 안 되는 말장난에 악플에 리플들 붙여 대며 핸들을 확 틀어 사고 다발 지역으로 당도하는 이유는, 돌려 휘감기라는 그 화려한 모욕을 또 당하고 싶은

너라는 진짜 은유는,

입안 얼얼해질수록 숨 멎은 아가미가 흘짝흘짝 뛰는 기적과 내통하는 자극이라면야 좋아, 그만, 속까지 홀랑 뒤집어 놓은 나쁜 남자의 유혹 옆에 내가 또 자빠져 있는 듯,

관념의 모공에서는 벌써 식은땀 쏟아지고 붉은 혀에 초강

력 신신파스를 붙인 듯, 두툼하게 쌓인 극단적인 말마저 잘라 내는 그런 희한한,

밥맛도 살맛도 되살리는 그 스릴을 끊지 못한 채 눈물 콧물 질질 짜며 매달리는 나는,

질 나쁜 그놈 없이는 식욕 땡기지 않는, 그 독한 놈과 딱 걸맞을 된장녀? 쳇, 쳇, 두 번 다시 쳐다보지 말아야지, 진저리치면서도

꼭 땡기는 날엔 자폭하듯 오기를 부리며 몇 개의 청양 고추, 그 독설을 받아 삼킨다. 또 빈속이 발칵 뒤집혀 울었다, 졌다.

나쁜 피 수혈 받은 나의 고유명사는 중독. 너도 매운맛 좀 볼래?

슬픔의 힘으로

슬픔이 밥을 떠먹여 준다

아버지의 죽음 앞에서
코미디언인 그는
허리 일으켜 세운다

눈물 속에도 가시 들었던가
자꾸 밥이 목에 걸린다
고봉 무덤 열어,
죽음 한술 떠 주며
더 크게 웃고
더 크게 시작하자고
그보다 더 커다란 슬픔의 슬픔으로
귀가 멀 지경이다

슬픔의 힘으로

태양을 밀어 올린다

세탁기 돌아간다

\>

양파가 썰린다

방–콕!

추운 날이면 비행기를 탄다

꾸릴 짐이라곤 침묵 잔뜩 쑤셔 넣은 입과
날짜와 시계가 충전된 핸드폰과
파자마…… 준비는 가볍다
맨발로 뜬구름 쫓아가듯

또 한숨 자면
벽에 걸린
푸른 동공의 이국 남자,
언 호수 저 밑바닥까지 푹 자빠져
절대 헤어 나오고 싶지 않은데
고인 침 삼키듯

깨어나면 벌써 목적지다
도착해 보니 발렌타인, 크리스마스, 별별 축제 때만 되면
태산이던 걱정은 느닷없이 자취 감추고
짝도 없는 숙소에서 무슨 관광이냐, 근처도 못 가고
퍼질러 퍼질러 계속 퍼질러 겨울잠이나 실컷

\>

차라리 열대 방바닥 고요를 뒤집어 깔면서
콕 틀어박힌 묵언의 하루

여기는 핸드폰 벨 소리도 국경을 넘어
내 추억이 통화 이탈로 귀환 되는 도시
그 중심가
방—콕!

깡

대단한 깡이다

"잃을 게 없는 슬픔은 질기다"

"목숨은 맨발이다"

이런 부스럭거리는 말까지 털어 내버리고
다시 공중을 박차 오르는
깡

속 이미 다 내주었다
내용물 다 빼먹고 내버린
너덜거리는 깡의 빈 봉지

한 마리 깡마른 새우 같은
그 깡이
툭 튀어나온다

돌려차기 한 방으로 세상을 날려 버리며
한강으로 돌진하는

사내

제3부

요즘 너의 기분을 간추려 보자면

기압골의 영향을 받겠다
남해상을 중심으로 한동안 서운함이 다소 강하게 불겠다
오전부터 차차 흐려져 먹구름 낀 신경전이 계속되겠고
한때 천둥과 번개 치는 말다툼도 동반되겠다
오늘 밤부터는 기온이 크게 하강하면서
좋았던 감정까지 추워지겠으니 모든 외출 삼가고
옥상에 널어 둔 이불 빨래가 아직 덜 말랐어도
서둘러 내리는 것이 좋겠다

지극히 주관적인 너의 주간 날씨를 간추려 보자면

요새 들어 까칠해진 입맛에 간 맞추기가 쉽지 않아서
나는 가스렌즈 위 여러 번 재탕한
김치찌개처럼 타들어 가며 쫄고 있겠다

그 큰 기복을 각별히 유의하다 보면

쫄아서 상하는 내 속내보다는
시커멓게 타는 냄비 바닥이 너이겠거니 측은해져

>
그렇게 서로 안쓰러워하며
사이좋은 사이로 적응해 가는 사이를
지상에선 부부라고 부른다고 한다

맵고 짜고…… 오락가락 불만 늘다가도
주는 대로 입맛 맞추듯
뒤끝 없이 말끔해질
싱거운 날씨도 있을 텐데

너는 파랗게 개인 하늘
나의 천국 아니냐

보름달

얼마나 환해져야 지워질 수 있을까

빛무리 하이얗게 흩날리는

한 토막 고무지우개

너무 많이 벗겨진 살갗

지우다 만

상처만 둥글다

냉장고는 깨끗하다

과거를 청산하자며
새로 시작해 보자고

그 덩치를 욕실로 데리고 들어갔다
그의 피곤했던 발 씻기고
때를 기다려 불린 때를 정성으로 벗겨 냈다
그것도 몇 차례 물세례로 거듭나서
후광 번쩍일 때까지

어쨌든 수리공은 말했다
어떻게 하면 이렇게 망가집니까

문 열면
관 짝처럼 텅 비어 있는

망가진 내부는
깨끗하다

달라진 건

수족관 속 분열된 유빙을 먹어 치우는

플라스틱 열대어들의 난해한 식성을 탐색 중

나쁜 소문들로 번식해 가는 순록의 뿔,

사방으로 뻗어 나가는 뒷골목 마른 냄새를 사냥하는 중

균형을 지탱하는 태양의 둥근 발음은

폭설로 점점 가둬지는 중

툰드라 샤먼의 잘못 외운 주문,

내쉬는 불씨가 꺼지지 않게 숨소리를 재확인하는 중

그리하여

금속물의 시간을 손목으로부터 멀리

\>

되도록 더 멀리 풀어 주는 중

인적 없는 거리와 쌀밥

　손발이 오그라들고 닭살이 오돌오돌 돋아나는 인적없는거리회색빛하늘그리운고향 밥맛없는 기법

　소복 차려입고 다닥다닥 앉아 있는 여자 무리 밥통 뚜껑 열고 가로등불빛하나둘추억처럼새록새록기억의수평선너머진주처럼영롱하게 입속으로 기어들어 와서 꾸물꾸물

　오늘에 이르기까지 권장하는 엄마표 순결, 너무 울궈 먹은 칠흑같은어둠떠난우리님메아리되어슬픔의단비 맹숭거리네

　그러기에 몰락과 불온을 1:1 비율로, 그 위에 새로 뽑은 몇 가닥의 빨간 머리카락과 아카시아 벌꿀, 불끈한 힘줄, 토마토케첩을 코믹하게 비벼 먹을래

　날것인 낭만과 버리기 아까워 남겨 둔 찌든 양념을 몽땅 낭비하다 보면 환상은 자작나무 숲 회전문 통과하여 코카서스 절벽

　물만 먹고 나온 식당 밖, 인적없는거리회색빛하늘그리운고향 나는 쌀밥과 알고 지낸 사이일 뿐

　가로등불빛하나둘추억처럼새록새록기억의수평너머진주처럼영롱하게 보리와의 절절한 과거는 모른 척 관심 없을 뿐

　칠흑같은어둠떠난우리님메아리되어슬픔의단비 친하고 싶

은, 식상하지 않은 밥맛 상상하며

아, 아아 쫄쫄 굶는 저녁

텃세 받던 텃새가 철새 되었다고

좀처럼 받아 주지 않는다고
처음에는 새집증후군이겠거니
눈 충혈되고 시름시름 드러누우면서까지
쓸고 닦고 환기시켜 주었다고
이왕 같이 사는 건데
친해지자 잘해 보자
이해의 평수 넓혀 줬을 뿐이었다고

고향 집 불탔다고
이사한 그전 집은 도둑 들었다고
첫 남편도 잃었다고

불행의 번식으로
참새, 까마귀, 괭이갈매기, 올빼미…… 텃새들 점점 사
라지고
철새 떼 따라 유랑하는
수상한 텃새 한 마리 목격되고
너무하군 보고 싶다면 999동 서식지를
허공에 등록한 적 있다던 그 희한한 텃새는

\>

그해 겨울,

안보다 밖이 더 따뜻해

우울을 임신한 채

시베리아와 알래스카 맥줏집을 오가며

이란성 도요새 쌍둥이를 낳기도 했다고

언 맨발로 떠돌다가

김 모락모락 호빵은 얼마나 포근한가

그 안 단팥 앙꼬는 또 얼마나 달달한가

저도 모르게 멈춘

불 켜진 남의 집 앞,

자꾸 초인종에 손이 먼저 갔다고

후라이꽃

달걀 익었습니다
개망초 피었습니다
아직 덜 핀 달걀 사이로 천천히 걸어오세요

백 퍼센트 순정 햇살 방울로
몇 묶음 꽃봉오리
톡, 깨뜨려요
깊이 파인 오목가슴 후라이팬에
흰자가 노른자 테두리 두르며
둥글게 퍼져요

그래, 다 익은 것보다
이 정도만 익어
그대 도시락 밥 위에
무릎 꿇어 바쳐지고 싶은 소신공양

밥알로 뭉클하게 묻어날
이제 막 반숙으로 피어났어요
풀다 만
내 노란 옷고름 열고

치매

싱크대 서랍에 갇혀 있다
냉동실에 얼려 있다
오븐 속 다 탄 초코칩쿠키다
식기 세척기가 세탁기가 내 지문
깨끗이 헹궈 내고 있는데
나는 말짱한 내 넋을
어느 옛날에 처박아 두고
혼자서 꼭꼭 숨바꼭질인가
내가 나를 아무리 찾아도
비밀의 감옥에 유폐되었는지 나는
나로 돌아가는 출구를 포기해야 하는가
살아갈수록 나를 신뢰하기란
매번 한쪽 벽면에만 똥칠하는
실수, 같다는
그 때늦은 후회로 나는 완성된다
한 켠으로 쏠린 두개골은
언제 전원이 나갈지 모른다
방금 전까지 내게 달려 있던
이 매끈한 코드 줄과
아름다운 스위치와 버튼마저

내 것이 아닌지 갑자기
팍팍 늙어간다

아르곤, 질소, 가스란 가스를 다 싣고, 자살특공대처럼

폭발하기 위해 달린다

불러만 주세요 8282
신속 배달 준비 다 되었지만

돌아서면 열린 밸브 사이로 빠져나가는
스멀스멀 등 뒤에서 밀반출되던

한번에 날려 버릴 수십 개 가스통들
쉽게 제거할 수 없는
의심으로 자꾸 점검하지만

빵을 구워 주고
초스피드 광타이어며 엘리베이터가 되어
너를 가동시키는,
단 한번이라도 불멸 꿈꾸는 나는
정들 세상이 없어
수백 통 위험물로 취급된 지 오래

빵빵한 트로트 유행가 휘날리며

가스통 신고
신바람으로 달리는 1톤 트럭

판도라 상자, 혹은 금지된 연애

기도할 때
엄숙한 고요를 빠져나와
왜 나만 눈 뜨고 있지?

잠긴 너의 뚜껑 열어젖히고
밑바닥 없는 블랙홀로
빠져들고 싶어
그 궤짝 안
어둠을 화들짝 개방시켜
황금박쥐처럼 날려 버릴래

왜 하필
들어가지 마시오, 금지 구역 앞
팻말 뽑아 던지고
사각사각 사과처럼
너를 베어 물고 싶은 걸까?

꿀맛인지 신맛인지
네 앞에서는
왜 먼저 입안에

침이 고이는 거니?

무화과나무 무성한 그늘 빌려

그네 만들어 주셨다
날마다 나는 열매처럼 매달려
초록 손 잎, 아가 이리 온
바람결 타고 날아오르곤 했다
그때마다
'여기 하늘나라에 살고 싶어'
등 뒤 아버지께 소리치곤 했다

그때 내가 가고 싶었던 곳은

아버지는 내 등을 떠밀어
어디로 보내고 싶었던 것일까

열매를 살찌우던 단 햇살들,
달려와 품에 안았던 하늘은
그 어린 것을 데리고
어디만큼 가고 있는 것일까

집 떠나던 날

>
무성한 그늘

베어 버리셨다

옆구리

한 권의 구세주를 옆구리에 끼고
제각기 새벽길 빠져나가는데
나는 팔짱 껴 부축해 줄
사이비 신앙도 없이
긴 바지 밑단에
주일 어둠을 쓸어 모은다

감람산 같은 골목집
복종이라는 첫 복음 혀를 굴려 맛본

내 시작은 반 잔이었으나
그 끝은 늘어선 빈 병들만큼
취해 사는 슬픔은 창대하리라
신실한 불안을 제단에 바쳐 보지만

나의 교주는 술
마침내 터진 옆구리가 시려 오는 신도는
지옥이라도 홀려 따라가리라

미로 같은 골목의 아침

내 팔을 끌어당겨
반주 없는 찬양으로 충만해지는
주령으로
여기까지 인도되었나니

잘못 찍은 단감

아—
입 찢어져라 기다려 봐
쉰내 푹 골아 뭉클해지더라도
뒤란 바닥에 깨질
코
석 자 되고 말 일이지

마음에도 없는 너한테는
안 떨어져
절대
안 따먹혀

간장게장

1
단단하던 뱃가죽 열려 있다
위장 벽은 다 헐려 식탁 위 쌓여 있다
냉동 궤짝 처박혀
갯물 절어 가던 수만 킬로 뻘의 꽃게,
방조제에 뒤집혀 엎질러진 한 포대 소금기가
아침부터 허기진 입안 가로질러 온다
저 으깨진 눈동자 마주치는 만큼이나
허황된 소문 치이는 것 무서워
순천만에 몇 박 기대고 돌아오던 날
넋 놓고 들어앉은 식당 한구석,
다시 서류 뭉치 틈새 끼인 듯
등 껍데기만 남은 속내 훤한 내가 자꾸 싫었다

2
짜디짠 살점 낱낱이 파먹는다
부패하기 직전
툭 터진 종량제 쓰레기봉투
아직 숨 내쉬고 있다
헛배 부른 며칠 밤

꾹꾹 눌러 담겨 있다
수은등 불빛에 현기증으로 시달릴 때면
나, 내장 속속이 드러내고
갑각만 남은 꽃게처럼
움켜쥔 아랫배 문득 긋고만 싶었다
도처, 햇살 생생하게 파닥거리는
물컹한 생, 창자 터진
순천만 해안 도로가
4톤 트럭에 실려 가고 있다

옷이 아름다운 이유는

유행 타지 않기 때문이다

단벌인데 그녀가 입으면

늘 새 옷같이 폼 난다

맞춤 정장 같기도 하고

우아하기는 이브닝드레스 같기도 한

아니다, 오래될수록 더 편한

스판 청바지 같은

세탁도 다림질도 필요 없이

긴 꽁지 뒤태까지 늘 스타일리쉬한

패션의 절대 지존,

\>

까치는

밥도둑

도난품 적으라 한다
새 노트북과 현금 몇 다발까지
코 묻은 반평생, 이렇게 부자인 적 간만이다

빠져나간 범행의 흔적을 경찰들이 수색하는 틈
풀어헤쳐진 집 안 구석구석을 뒤져 보며
오늘 저녁 예상 밖 식사 접대를
내역에 올릴까 말까

펼쳐진 반찬 통들마다 배어 나온 국물 자국
냄새는 영혼을 잠식한다, 라는 제목을 달고
시나리오, 감독, 주인공이 1인 3역으로 상영된 독립 영
화처럼
그 바닥에서 그는 리얼리티의 종결자
들고튀어 봤자 살림살이인데
얼마나 배가 고팠으면
내 몫인 찬밥 탐났을까
냉장고 문 열어 제끼고 앉아
후딱 밥통째 급했을까

\>

뭐 하나 한탕 해 먹지 못하고
더럽게 재수 없는

이번에도 손 털지 못한 그 생으로
밥알 파먹으며
코로 입으로 삼키며
또 얼마나 제 신세 급체했을까

수돗물에 쌀 씻는다
밥 김은 뜨겁다

큰 그릇 속, 봄날

간혹 헛기침 내뱉는

벚꽃은

흐드러진다 봄날이면

　탑
　탑탑
탑탑탑

수북한 막걸리 그릇
작은 그릇 위 큰 그릇 올리면
불안하게 건들거리지만

큰 그릇은 작은 그릇들
척척 잘 포개 담는다

깨진 그릇도
낡은 그릇도

\>

오냐, 너도 그릇이지

차곡차곡 빚은 꽃잎들 포개지며
품이 큰 그릇 속으로 흘러들어 온 우리는,
장충동 주막의 봄날은 오래된 얼굴처럼 편안하고

아무리 퍼 줘도
밥이 남아도는
저 속 깊은

홍게

아이스박스 위 얼음덩이 사이로

널브러져 있다

단단한 갑옷 걸치고

휘젓는 가위 손으로 뭉텅뭉텅

살아온 흔적 자르며

거품 티트려 막말한다

비릿한 냄새며

시장 터 아우성까지

갑옷 위에 새겨진 파도 소리 상감(象嵌)

식탁 위에서 벗겨질

>
바다와 맞서 온 딱딱한 외피

어떤 생애의 갑골문자일까

해 설

떠도는, 혹은 정들 세상이 없는
―박영민의 시 세계

홍신선

1

왜 갑각류인가. 박영민의 시를 읽어 가다 보면 갑각류를 시적 대상으로 한 작품들을 여러 편 발견하게 된다. 꽃게를 비롯한 조개, 조가비, 홍게 등등과 관련한 시편들이 그것이다. 잘 알려진 대로 갑각류는 모두 두꺼운 외피로 몸을 감싸고 있다. 그 딱딱한 갑각은 내부의 살들을 감싸는 보호막 내지 갑옷 역할을 한다. 그래서 이들은 한 상상력 이론가에 의하면 외부로부터의 공격을 방어하는 방어 기제의 상징들로 읽힌다. 더욱이 이들 갑각이 둥근 형태를 취하는 경우 그것은 여성성의 기표가 된다. 일찍이 로트레아몽의『말도로르의 노래』를 분석하면서 가스통 바슐라르는 갑각류의 상징적 의미를 탐색했다. 그는『말도로르의 노래』에 나타난 동물 이미지들을 집중 조사하고 그것을 공격 무기와 그 형태에 따라 분

120

류했다. 이를테면, 이빨, 뿔, 발톱과 같은 물체를 찢고 자르는 공격 무기와 주둥이나 흡반처럼 피를 빠는 무기로 동물 이미지들을 분류한 것이 그것이다. 이 가운데 상대를 찌르고 자르는 공격 무기는 순수의지의 상징이자 남성적 잔인성을 상징한다. 반면, 상대에 붙어 빨고 헤집는 동물 이미지는 여성적 잔인성을 표상한다. 그러나 둥근 형태를 띤 갑각류나 그와 유사한 이미지들은 모두 여성의 방어 본능을 상징한다. 그렇다. 둥글고 딱딱한 갑각으로 자신을 보호 내지 방어하는 뭇 생물들이란 여성성의 상징인 것이다. 이는 갑각이 외향적이기보다는 안으로 감싸드는 내향적 성향을 띤다는 점에서 그만큼 소극적이면서 보호 위주의 모성과 닮았음을 뜻한다. 그러면서 그는 갑각류의 동물들이 단순한 갑각 속에 숨어 방어만을 하는 것이 아니라 때로는 집게 같은 잔인한 공격 무기를 사용하는 것으로도 보았다. 말하자면 방어와 공격의 양면성을 함께 갖춘 것으로 파악한 것이다. 이 양면성이야말로 여성성의 진정한 실체이기도 할 것이다.

말머리를 많이 에두르기는 했지만, 그러면 우리가 박영민의 시에서 읽게 되는 게나 조개 같은 동물 이미지들은 어떤, 무엇의 상징인가. 우선 그의 시 가운데 깔끔하게 읽히는 다음 작품을 검토해 보자.

정박한 곳은 내 컴퓨터 책상 위, 비린 갯내가 어쩌다 예까지 휩쓸려 왔을까. 말해 봐, 어금니부터 앙다문 그녀 마음에 송곳 같은 의문 찔러 놓고 다그쳤지요. 천만 발 혀 가졌을지

언정, 모른다. 묵비권 행사하는 것에게 더 조사할 게 남았다
는 고문 기술자처럼 그녀 말문을 집요하게 파고들었더니, 먼
저 두 손발 들 지경으로 그녀는 끝끝내 거품만 물고 있더군요.

　너희들 인간 세상을 향해
　보지도 열지도 않는 것은
　내가 돌아가는 길 찾지 못해 출항 포기하는 일 아니라
　당최 세상 같은 건 더러워서 목숨 내린 것뿐이니

　함부로 닻 내리지 마라
　나의 주검에
　　　　　　　　—「혀 깨물고 죽은 조개의 말」 전문

　이 작품은 줄글과 행갈이 형식의 병치가 먼저 눈에 띈다.
그 형식은 복수 화자를 구분하기 위한 의도적 장치인 것이다.
곧 줄글 형식은 '나'라는 화자를, 그리고 행갈이 부분은 '조개'
를 화자로 삼고 있다. 이들 복수의 두 화자가 하는 이야기를
일차 산문으로 번역하면 다음과 같다. 우선 화자 '나'는 작품
전반의 정황을 제시한다. 그 정황은 책상 위에 올라온 조개
와 그 입을 열려는 화자의 "고문 기술자" 같은 억지스런 행
동이다. 그리고 이 같은 정황에서 조개는 자신의 생각을 개
진한다. 작품 후반 행갈이 부분의 진술이 그것이다. 여기서
조개의 생각은 '세상 같은 건 더럽다'는 백석의 시구를 패러
디한 부분에 잘 함축되어 있다. 왜 세상은 더러운가. 이러

한 물음에 대한 대답은 이 작품 어디에도 없다. 아마 이 대답을 찾는 것이 이 시집을 읽는 우리의 한 독법이 될 수도 있다. 작품 「당신의 데스노트」에 따르자면, 자기 집안을 빈곤의 구렁에 빠뜨린 모리배나 사기꾼, 까닭 모를 일단의 인물들 곧 C, J, P 등등의 해코지로 대표 되는 갖가지 세속적 악이 그 더러움의 실체일 것이다. 아무튼 '세계가 더럽다'는 인식은 조개로 하여금 목숨을 "닻 내리"듯 내려놓게 만든다. 그 같은 행동은 "너희"에게 보이고 싶지 않고 말하고 싶지 않은 그 무엇을 보호하기 위한 것이다. 말하자면 세속의 악으로부터 보호하고 방어할 어떤 것, 이를테면 자기 이상 세계나 순정한 무엇을 지키기 위한 또 다른 저항인 것이다. 여기서 그 이상 세계란 시인이 가꾸고 지켜 온 순수의 어떤 공간일 수도 있을 터이다.

그런데 이 같은 내면에 내장한 자기 이상 세계가 과연 어떤 것인가는 작품 「홍게」에도 나타나 있지 않다. 범박하게 말해 「홍게」는 갑각류 계열의 작품이다. 이 작품엔 화자가 월미도 수산 시장에서 만난 홍게가 중심 이미지로 등장한다. 그 꽃게는 "단단한 갑옷"을 입고 있다. 동시에 살아온 날들을 "가위 손으로 뭉텅뭉텅" 자른다. 곧 그 나름의 공격성과 방어 기제를 함께 갖추고 있는 존재인 것이다. 그러나 이 시에는 가스통 바슐라르가 말한 잔인한 집게손의 공격성에 방점이 찍혀 있지 않다. 그보다는 갑옷 위에 아름답게 상감이 된 "파도"와 "시장 터 아우성"에 방점이 주어져 있다. 말하자면, 외부 세계와 전심전력 싸운 사연과 내력에 무게중심이 놓여 있는 것이다. 그래서 그 "상감"이 된 "파도"나 "아우성"을 화자는 "갑골문자"라고 말한다. 일부는 해독 가능한, 그러나 일부는 해독이 안 되는 기호들인 것이다. 이처럼 감각 속에 내장한, 그래서 외부로부터 방어해야 할 무엇은 이 작품에서 역시 잘 드러나지 않는다.

하지만 그 무엇의 일부가 이상의 두 작품들과는 달리 「간장게장」에 비로소 드러난다. 다음 한 대목이 그것이다.

> 수은등 불빛에 현기증으로 시달릴 때면
> 나, 내장 속속이 드러내고
> 갑각만 남은 꽃게처럼
> 움켜쥔 아랫배 문득 긋고만 싶었다
> 도처, 햇살 생생하게 파닥거리는
> 물컹한 생, 창자 터진
> 순천만 해안 도로가
> 4톤 트럭에 실려 가고 있다
>
> ─「간장게장」부분

이 작품에 대한 다소 산문적인 번역을 먼저 하자면 이렇다. 화자는 순천만에서 몇 박을 하고 돌아오는 길, 식당에 들러 간장게장을 곁들인 식사를 한다. 그리고 속을 다 파먹힌 꽃게를 보면서 그 갑각만 남은 '게'가 문득 자신과 너무 흡사하다고 생각한다. 그리고 꽃게처럼 자기 "아랫배"를 그어서라도 자신의 감췄던 내부를 온통 드러내고 싶어 한다. 비록 "속

내 훤한 내"가 싫어도 한편으로는 이처럼 드러내고 싶은 욕망을 내장하고 있는 것이다. 말하자면 이 작품 1에서 화자는 속이 속속들이 빈 자신 곧 박제된 자아를 혐오하면서도 곧이어 2에서는 자신의 일부를 드러내고 싶어 한다. 우리는 이쯤서 화자의 순천만으로의 여행이 단순한 여행이 아닌 자신을 비워 내고 "아랫배"를 열고 싶은 욕망의 소행이었음을 주목해야 한다. 그러면 이 시인이 드러내고 싶은, 그렇지만 갑각에 감싸 방어하고 지키고자 한 것은 무엇인가.

물론 이 감싸고 지키고자 한 것은 어쩌면 이 시인 나름의 삶의 순정한 세계나 지고의 어떤 가치 같은 것일 터이다. 그러나 그것은 이 시집에서 전면적으로 드러나지 않고 있다. 그것은 마치 호주머니 속 귀중품을 꺼내 보이듯 시인 박영민이 쉽게 단기간에 보여 주고 싶지 않은 순정한 세계이자 지고의 가치이기 때문이다.

2

박영민의 시에는 슬픔이 자주 불쑥불쑥 등장한다. 그 슬픔은 "쥐어짜지 않아도 쏟아지는"(『젖은 두루마리 화장지』), 때로는 막장 드라마 대사 한마디에도 "눈물이 쏙 빠"지기도 한다(『막장 드라마』). 뿐만 아니라 "늘어선 빈 병들"처럼 "창대"한 규모를 자랑하기도 하고(『옆구리』) "잃을 게 없는 슬픔은 질기다"와 같이 질긴 속성을 내장하고 있기도 하다(『깡』). 그런데 이들 슬품은 "영양 만점"에다(「통째로 먹는 생선」) 왜 그런지 힘이 세다.
그 힘은 다음의 시에서 보듯 막강하기조차 하다.

　　슬픔의 힘으로

　　태양을 밀어 올린다

　　세탁기 돌아간다

　　양파가 썰린다
　　　　　　　　　　　　　—「슬픔의 힘으로」부분

　이 작품은 아버지의 상(喪)을 당한 '그'를 통해 과연 슬픔이
무엇인가를, 특히 그 힘이 어떤 것인가를 보여 준다. 한 인간
의 죽음은 그 존재의 완벽한 무화(無化)이자 종결이다. 더욱
이 그것이 육친의 죽음일 때 남은 사람들에게는 감당하기 어
려운 정서적 반응을 불러온다. 그 반응은 지극한 슬픔일 터
인데 그 슬픔 속에서도 사람들은 밥을 먹고 웃고 떠든다. 그
러면서, "더 크게 시작하자고" 서로가 각자 나름의 다짐을 둔
다. 그 다짐은 화자에 의하면 "슬픔의 힘"이다. 그뿐만이 아
니라 위 대목에서 보듯, 그 힘으로 태양이 뜨고 세탁기가 돌
아간다. 말하자면 일상이 돌아가는 것 역시 "슬픔의 힘"에 의
해서 이루어지는 것이다. 과연 그것은 "슬픔의 힘"에 의해서
인가. 이는 김수영 식의 역설일 터인데, 화자가 슬픔의 와중

에서 새삼 모든 것이 "슬픔의 힘"으로 이뤄지는 것인 양 짐짓 바라볼 뿐인 것이다.

다소 원론적인 얘기로 가자면 인간의 정서란 세계와의 교섭 창구이다. 세계와 (그것이 사물이든 현실이든) 맞부딪치며 인간은 살아간다. 그러면서 그 맞부딪침(교섭)에 의해 정을 유발하고 정을 통해 세계를 이해한다. 일반적으로 박영민의 슬픔 역시 위의 열거에서 보듯 세계와의 교섭에서 오는 정서인데 그 정서는 "정들 세상이 없"는 데서(「아르곤, 질소, 가스란 가스를 다 싣고, 자살특공대처럼」) 아니 그 사실을 비극적으로 인식한 결과에서 비롯된 것이다. 작품 「아르곤, 질소, 가스란 가스를 다 싣고, 자살특공대처럼」에 따르자면, 화자는 이 세상 속에서 단지 "수백 통 위험물로 취급" 받는다. 고작 위험물로 취급되는 세상에서 시인은 그 세상과 정들기를 애초에 포기하거나 아니면 그로 말미암아 깊이 좌절한다. 달리 말하자면 "세상 같은 건 더러워서" 책상 위에 놓인 조개처럼 목숨의 닻조차 내려놓는 것이다(「혀 깨물고 죽은 조개의 말」). 거듭된 소리지만 슬픔은 이처럼 세상과 정들 수 없는 자의 근원적인 정서적 반응인 것이다.

그러면 세상과 정들 수 없는 자가 선택한 길은 무엇인가. 그것은 떠돌이처럼 세계 속을 방황하고 일탈을 꿈꾸는 일이 아닐 수 없다. 이를테면,

당신도 없는데 마셨습니다. 가르쳐 준 맥주 맛도 이젠 제법 압니다. 한강대로를 음주 운전으로 달리다가 여의도로 빠졌습

니다. 너무 멀리 왔다고 설득 마세요. 그 위태로운 일탈에 여
기까지 살아 냈으니까요.

—「밤 편지, 생각꽃 피고 또 피고」 부분

와 같이, 화자가 일탈을 "여기까지 살아" 내는 힘으로 인식
하는 일인 것이다. 이미 정해진 길에, 그러면서 길들여진 세
상을 편안하게 답습하는 일이란 실상 우리에게 얼마나 쉬운
가. 그래서 그동안 많은 사람들은 일탈과 기성 세계로부터의
탈출을 부추기고 가르쳐 왔다. 지난 세기 '너의 가정과 학교
로부터 탈출하라'고 일갈한 앙드레 지드나 니체, 혹은 선불
교의 조사들에 이르기까지 그 가르침의 예는 너무 많았던 것
이다. 이 같은 일탈 탓에 세상이나 삶은 새로워지고 더 나아
가 끊임없이 숱한 앎의 경계 표지판들도 옮겨 세울 수 있었
던 것이다.

   박영민 역시 이 시집 여러 곳에서 그의 젊은 나이답게 일
탈을 여러 형태로 기획하고 말한다. 예컨대 "들어가지 마시
오, 금지 구역 앞/ 팻말 뽑아 던지고/ 사각사각 사과처럼/ 너
를 베어 물고 싶"(「판도라 상자, 혹은 금지된 연애」)다거나 "홍대 앞
보다 물 좋은 기념 페스티벌"을 열고 있는 대형 마트에 "부나
비"처럼 날아드는(「웰컴 투 클럽」) 등의 충동적 행동들이 그것이
다. 이러한 일탈은 그것이 형이상의 것이든 세속적 행동이든
모두 모험의 형식을 취하게 마련이고 그에 따른 용기를 필요
로 한다. 모험이란 무엇인가. 사전적 의미 그대로 모험이란
위험을 무릅쓰는 일이다. 그리고 그 모험은 오늘날에 들어와

일반적으로 여행의 형식을 취한다. 주지하듯, 여행이란 일상에서 벗어나 낯선 세계와 맞부닥뜨리고 또 그 세계의 의미를 발견하는 나그네 길이다. 그런데 이 여행은 현대에 와서 과거와는 많은 면에서 달라졌다. 그것은 교통수단의 발달이나 유효한 정보의 습득에 따라 과거 전쟁에 버금가던 위험 요소나 모험적 성격이 크게 감소했기 때문이다. 그렇기는 해도 여행이 일상에서의 일탈과 새로운 세계의 탐색이란 함축적이고 보편적 의미는 달라지지 않았다. 오히려 여행은 오늘날에 와 보다 보편화된 일탈의 양식으로 자리 잡았다고 해야 할 것이다. 이번 시집에서 읽는 박영민의 여행 또한 가까이로는 순천만에서 멀리로는 아테네에 이르기까지 거리와 시간을 다채롭게 또 다양하게 보여 준다. 순천만 여행에서는 이미 앞에서 검토한 대로 "내장 속속이 드러"낸 꽃게를 매개로 자신을 열어 보이고 싶은 욕망을 드러낸다(「간장게장」). 그런가 하면 "가만있으면 탈날 것 같아/ 억지 도주"처럼 일탈해 간 아테네 여행에서는 서울로 기표 된 자신에서 결코 일탈하지 못했다는 자기 확인만을 만난다(「아테네 편지」). 이는 몸은 낯선 아테네에 와 있지만 정신은 아직도 서울에 정체해 있다는 역설적인 상황임을 의미한다.

그런데 이러한 여행 못지않게 일상에서의 떠돎도 박영민은 이번 시집의 여러 작품들에서 보여 준다. 그 떠돎은 범박하게 말하자면 방황일 터인데, 박영민은 그 방황을 '갈 데까지 가 보고 싶은' 욕망의 표현으로 얘기한다. 그래서 이 욕망은 달리 말하자면 이미 앞에서 살핀 일탈의 다른 욕구이고 표

현이라고 해야 할 것이다. 이 방황에서 그녀는 때로는 술을 "교주"처럼(『옆구리』), 때로는 주민등록 동거인처럼 가을과(『애인은 방배 2동에 산다』) 함께하기도 한다. 이쯤서 우리는 이 시인의 '정들 세상이 없다'는 비극적 세계 인식을 다시 떠올려 봐도 좋을 것이다. 그것은 이른바 현실에서는 없는 "정들 세상"을 찾아 떠도는 마음속 방황이기 때문이다. 이는 한 실존주의자의 표현을 빌리자면 잉여의 존재가 필연적으로 맞닥뜨리는 행동 양식이기도 하다. 곧, 자아의 정체성이 모호한, 아니 자기 본질이 규정되기 이전 어쩔 수 없이 겪는 실존의 고뇌인 것이다. 그 같은 실존은 다음 단계에서 자기 본질을 만들기 위한 선택으로 나간다. 그리고 그 실존적 선택은 불안과 외로움 같은 정서들을 불가피하게 동반한다. 박영민 식으로 말하자면 "정들 세상"이 없는 떠돌이 행각에서 누군가에게 권유받듯 불안과 외로움들을 어쩔 수 없이 만나야 하는 것이다.

약발 안 서는 날엔 더 독한 안정제 신신당부해 보지만 단박에 만성 우울증 완치되기란 희박하다며 약사는 수시로 불안 한 알 권한다

자꾸 주방 가위가 귀에 들어가 기억의 소리 함부로 오려 내는데, 오래 앓은 초콜릿이 삼킨 정거장 오븐 속 딱딱한 거품 항체 검열된 머리카락 산불 엉기는 계단 길게 늘어지는 형광등 일광욕하는 이구아나 검은 건반은 구구단 독백 레몬은 손가락 꺼내고 대사 없는 햄릿은 거미 행인3 꽹과리 협주곡 돌돌 모래

모래 모래의 층층 간격은 발굴될 수 없는 피라미드

　　　　　　　　—「사거리엔 대형 약국이 있다」 부분

　인용한 시의 화자는 "만성 우울증"을 앓는다. 그 우울증은 키에르케고르 식으로 말하자면 사람들이 신을 믿으려 하면서도 믿지 못할 때, 마음에 깔리는 먹구름이다. 박영민의 우울 역시 자신의 정체성이 불투명해서 앓는 마음의 질환이다. 말하자면 자신의 존재감이나 의미가 불분명할 때 찾아오는 근심 걱정인 것이다. 그러면 이 같은 우울증을 완화할 처방은 무엇인가. 사거리 약국의 약사는, 화자에 의하면, 수시로 불안을 권한다. 일상적 차원에서 보자면 엉터리 약사가 틀림없지만 이 시 속에서 그는 불안을 복용해 항체를 키우는 식의 치료를 권하는 것이다. 과연 이 같은 치료는 가능한 것일까. 화자는 작품 후반부에서 "약사의 빽으로 하느님과 맞짱 뜰 수"도 있고 행복을 맛볼 수 있다고 천명한다. 곧 불안과 외로움 속에서도 그러한 불안과 외로움의 극복을 위한 그 나름의 노력을 기울여 나가는 것이다.

　그 노력은 다른 작품들에서는 자기 발견 내지 자기 존재의 재확인으로 구체화되기도 한다. 나이에 걸맞지 않긴 하지만, 작품 「치매」에는 박영민 식의 자기 찾기 내지 발견이 어떤 것인가가 잘 드러나 있다. 곧 다음과 같은 화자의 절절한 진술이 그것이다.

　나는 말짱한 내 넋을

어느 옛날에 처박아 두고

혼자서 꼭꼭 숨바꼭질인가

내가 나를 아무리 찾아도

비밀의 감옥에 유폐되었는지 나는

나로 돌아가는 출구를 포기해야 하는가

—「치매」 부분

　비록 치매란 병적 정황을 매개로 삼고 있지만 이 작품에서
화자는 자신을 발견하고 더 나아가 정체성을 확인하려는 강
렬한 내적 욕구를 보여 준다. 과연 나는 누구인가. "어느 옛
날에 처박아" 둔 나란 누구인가. 이제 이 물음에 대한 우리 나
름의 해답을 천천히 한번 찾아가 보자.

　우선 "아들 귀한 외가의 내력" 탓으로, 한 작품의 화자는 "또
가시내"로 태어난 자기 출생담부터 들려준다(「조개미역국」). 흔
히 말하듯 사람의 출생이란 그냥 운명에 해당되는 것. 누가
있어 제 운명을 선택할 수 있을 것인가. 그러나 출생담을 빌
린 이러한 자기 확인은 지극히 기본적인 차원의 자기 확인일
뿐이다. 왜냐하면 다음과 같은 작품에서는 화자가 자신을 통
렬한 자기 풍자의 대상으로까지 삼는 고차원의 심급을 보여
주고 있기 때문이다.

　　동네 정육점 A등급으로 도장 박힌

　　한우의 마지막 문장이 갈고리에 걸려 있다

　　손가락 하나 까딱 못 할 저항으로

황홀한 피만 떨구고 있다

거꾸로 나이 먹어 가는지

누구의 관심도 거들떠보지 않는

쫄딱 늙어 볼품없이 하락할 내가 걸려 있다

　　　　　―「맞선, 스테이크, 정육점 그리고 죽었다 깨어나도

　　　　　　　　　　　　　엄마처럼」 부분

　이 작품의 화자는 자신을 똑 소리 나는 일등급으로 내세우고 싶어 하는 엄마의 권유에 떠밀려 맞선 장소에 나간다. 그 맞선이 끝나고 돌아오는 길, 그녀는 정육점에 진열된 정육을 매개로 문득 자신의 일그러진 처지를 발견한다. 그 처지란 이제 나이 들어 뭇 사람들의 관심 밖으로 내쳐질 자신의 모습이다. 화자는 이처럼 엄마의, 아니 우리의 결혼 문화에 거품처럼 낀 허위의식을 드러내고 싶어 하면서 동시에 자기 존재를 새삼 살피고 확인하게 되는 것이다. 그녀가 확인하는 내용은 "엄마처럼 살지 않겠다"는, 그러면서도 자신도 모르게 엄마를 닮아 가고 있다는 사실이다. 다소 확대해석하자면, 화자는 가부장제 사회에서 여성으로 살고 여성으로서의 역할에 충실한 엄마 세대를 마뜩찮아 하며 거부한다. 그녀에게 엄마 세대의 삶이란 고작 여성으로 길들여진, 그러면서 기성 세계에 익숙하고 관습화 된 삶일 뿐인 것이다.

　그런데 엄마로 대표 되는 이러한 삶을 반복하고 싶지 않은 화자의 마음의 움직임은 아마 저 '일탈을 통해 여기까지 살아 냈다'는 진술의 또 다른 한 변형으로 봐도 좋을 터이다. 그러나 결국 이 같은 일탈의 욕구는 욕구일 뿐, 어느덧 화자는 자신도 모르는 사이 엄마를 닮아 간다. 그것은 인간의 삶이 일정 정도의 개별성을 유지하면서도 크게는 별반 다를 게 없다는 보편성 원리에 기인한다. 이는 인간 존재의 근원적 한계일지도 모른다.

한편 작품 「호모핸드폰스, 집 나간 지 사흘째」나 「조강지처」에서는, 통상의 IT 기기가 어느덧 '나' 자신이거나 '내 여자'가 된 일상을 보여 준다. 이 두 작품의 화자는 이들 기기에 내가, 나의 삶이 얼마나 복속되었는가를 발견한다. 예컨대, "너보다 월경주기 잘 아는 애인은 여태 없었다"라든가(「호모핸드폰스, 집 나간 지 사흘째」) "굶어 죽도록 되는 일 하나 없는 나,/ 잔고 많은 백수 인생이라도/ 그 외로움을 실패라 탓하지 않던" 조강지처라는(「조강지처」) 진술 등등이 모두 그것이다. 이처럼 IT 기기들은 결국 화자의 또 다른 분신이자 '나'일 수밖에 없다. 그런데 이들 기기는 모두 망실 상태에 있거나 "전원이 나가고/ 액정[이] 깨"진 불구 상태에 있다(「조강지처」). 이 같은 상황은 "내장 속속이 드러"낸(「간장게장」) 갑각만 남은 상황이나, 공중을 박차 오르되, "속 이미 다 내"준 새우깡 봉지의 정황(「깡」)을 연상시킨다. 말하자면 박제된 자아의 이미지에 연결되고 있는 것이다. 왜 박제인가. 그것은 아마도 정들 세상이 없어 떠도는 자아의 혹심한 좌절이나 박탈감 탓일 터이다. 박영민은 이 혹심한 좌절이나 박탈감을 어떻게 극복하는가. 마치 눌릴수록 더 높이 튀어 오르는 용수철처럼 그녀는 일련의 작품들에서 남다른 마음의 자세를 가

다듬는다.

3

> 매일 두드러기 앓던 열 살,
> 그 악몽에서 도망쳐 잘 지내 왔는데
> 철저히 숨겨 놓은 말 못 할
> 과거라도, 딸아이 하나라도 있었다는 건지
> 오늘 밤 덥석 내게 찾아와
> 엄마라며 죽자 살자 젖가슴에 안겨 있는데
> 미안하구나, 아직 어린 너 하나 돌볼
> 물정을 나는 모른다, 대책 없이 살아왔구나
>
> ─「응급실」 부분

이 작품은 이번 시집에서 자전적 기록 중 그 특징이 뚜렷하게 드러난다. 그 기록을 위한 정황 설정은 "서른의 내가 열 살의 나를 업고" 병원 응급실을 찾는 것으로 되어 있다. 특히 응급실을 찾으면서도 화자는 어떻게 대처할 것인가를 몰라 당황해 한다. "서른의 내가 열 살의 나를 업고" 그것도, 말이야 두드러기지만, 아픔의 근원도 모른 채 위급한 상황에서 우왕좌왕하기만 하는 것이다. 화자의 말 그대로 이는 어린 시절 병명도 모르는 고통을 겪고 살아온 경험의 고백일 것이다. 그리고 우리는 저러한 고통이 이 시인이 말하는 "삶의 형틀"(「죽은 줄 알았던 반얀나무는」)임을 어렵지 않게 알게 된다. 그러면 왜 "삶의 형틀"인가. 그것은 매사에 때를 놓쳐 "두세 겹씩" 후회의 연속을 만들며 살아야 했기 때문이다(같은 시). 말하자면 연속된 후회가 마치 무슨 치죄처럼 화자에게 고통만을 안겨 주었고 이 일련의 과정이 바로 "삶의 형틀"을 빼닮았다는 것이다. 그러나 마치 "죽은 줄 알았던 반얀나무"처럼 화자는 그 형틀에서 혹독한 치죄를 당한 끝에 삶의 이파리들을 휘어지도록 푸르게 피워 낸다. 일의 이치 그대로, 고통이 일종의 통과의례처럼 되는 삶이란 그 고통만큼 결과는 언제나 풍요로운 법인 것이다.

이상에서 살핀 것들은 앞에서 말한 자기 존재의 재확인 내지 정체성 찾기의 일환이기도 하다. 그런데 이처럼 시인은 때로 박제된 정황이라고 할 만큼 자기 내부를 속속들이 비워 내 보여 준다. 그 비워 냄은 범박하게 말하자면 정들 세상이 없는 자의 내면 풍경일 것이다. 곧 피폐해진, 혹은 폐허화한 시적 자아의 초상인 것이다.

이쯤서 다시 갑각류의 상상력을 빌리자면, 한편으로 이 피폐한 자아와 대면하면서도 시인은 다른 한편에서는 무엇인가를 감싸고 보호하고 싶은 욕망을 번득인다. 과연 조개나 꽃게처럼 둥글고 단단한 갑각 안에 내장하고 보호하고 싶은 것은 무엇인가. 그것은 이제까지 살핀 바 피폐한 자아가 아닌 순정한 세계, 혹은 자신이 정들고 싶어 하는 세상이라고 말할 수 있을 터이다. 그를 위해 조개는 "고문 기술자" 앞에서도 입을 다물고 또 파도에 맞서 상감을 새기지 않았는가. 마치 모성의 전형처럼 보호하고 감싼 그 지고의 가치, 혹은 순정한 세계는 그러면 어떤 것들인가. 다음의 시는 우리에게 이 순정한 세계의 일단이 무엇인가를 가늠케 한다.

유행 타지 않기 때문이다

단벌인데 그녀가 입으면

늘 새 옷같이 폼 난다

맞춤 정장 같기도 하고

우아하기는 이브닝드레스 같기도 한

아니다, 오래될수록 더 편한

스판 청바지 같은

세탁도 다림질도 필요 없이

긴 꽁지 뒤태까지 늘 스타일리쉬한

패션의 절대 지존,

>

까치는

　　　　　—「옷이 아름다운 이유는」전문

　쉽게 그러면서 단숨에 잘 읽히는 이 작품은 까치의 외모
가 왜 아름다운가를 일러 준다. 곧 그 아름다움의 비밀은 바
로 까치의 타고난 천연, 일체의 가공이 없는 외모 그 자체에
있다는 것이다. "단벌"이면서도 "유행 타지 않"는 그 나름의
개성이 까치의 아름다움의 실체인 것이다. 달리 말하자면 이
작품은 패션 담론이라고도 할 수 있는데, 화자가 일러 주는
요지는 천연이 곧 최고의 패션이란 언술일 것이다. 그 천연
에는 일체의 인공적인 것들, 예컨대 "맞춤 정장" "스판 청바
지" 또는 "세탁도 다림질도 필요 없"다. 이 같은 태도는 개망
초 꽃을 그린 작품「후라이꽃」에서도 그대로 찾아볼 수 있다.
일명 계란꽃으로 통칭되는 개망초 꽃의 자잘한 모습에서 화
자는 "그래, 다 익은 것보다/ 이 정도만 익어/ 그대 도시락 밥
위에/ 무릎 꿇어 바쳐지고 싶은 소신공양"의 모습과 뜻을 발
견한다. 이는 개망초 꽃의 계란 반숙 같은 외모에서 남을 위
한 소신공양의 아름다움을 웅숭깊게 발견해 낸 것이다. 그리
고 이 같은 발견의 근저에는 저 천연 그대로가 바로 최상의 아
름다움이란 생각이 역시 안받침 돼 있다. 이번 시집에서는 드
물게 읽히는 이 같은 생각이야말로 욕망의 정글인 세상에서
방어하고 보호하고 싶은 박영민 나름의 순정한 세계, 그것일
터이다. 이 세계를 위해 박영민의 마음의 움직임은 갑각류들
이 저 단단한 외피를 쓰듯 자신을 방어한다. 뿐만 아니라 거

기 둥근 갑각들에 상감된 갑골문자들을 해독하려고 끊임없이 노력하는 것이리라. 이는 우리가 이 시인의 앞날의 시편들을 기대하는 또 다른 한 까닭이기도 할 터이다.